L'ÉTOILE

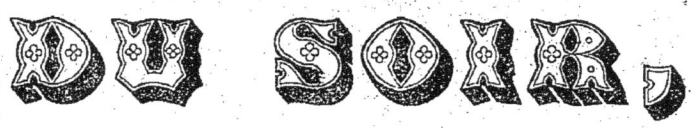

DU SOIR,

Par D. B***

PRIX : 2 Francs.

PÉRIGUEUX,

IMPRIMERIE FAURE ET RASTOUIL.

1849.

L'ÉTOILE DU SOIR.

L'ÉTOILE

DU SOIR,

Par B. B***

PRIX : 2 Francs.

PÉRIGUEUX,

IMPRIMERIE FAURE ET RASTOUIL.

1848.

1849

AVERTISSEMENT.

Les Alexandre, les César, les Socrate, les
Charlemagne et Napoléon ont passé assurément
au milieu des peuples pour de grands maîtres.
Quels progrès n'ont-ils pas fait faire à la civilisa-
tion! Les siècles où ils parurent avancèrent d'un
grand pas devant eux. Ces hommes extraordinai-
res eurent des amis et des ennemis. On a vu des
rois faire le bonheur des sujets; des républiques,
faire aussi l'admiration de l'antiquité; mais tous
ces états constitués ont eu leur approbation et leur
opposition. Toujours les rouges ont lancé leurs

boulets (*même avant l'invention du canon*) contre la société, dont ils conjurent la ruine. Il n'est donc pas étonnant qu'à cette époque de transition notre jeune République ait des ennemis et des ennemis rouges. L'un de ces derniers (il s'en trouve partout), j'ignore s'il pressentait les fortes secousses qui devaient ébranler la capitale, Paris la grande ville, me disait au commencement de mai : Bon ! la République ne tiendra pas ; c'en est fait ; elle durera plus de jours que d'ans. — C'est possible, répondis-je. Et je comparai sa pensée à celle de Mme de Sévigné, quand elle disait : « Racine passera comme le café. » Dieu merci ! ni l'un ni l'autre n'ont passé, car on les goûte encore tous les jours. Et quoique les Français soient, par caractère, des Athéniens au *quid novi*, j'aime à croire qu'ils ne veulent pas avoir continuellement un pied dans le désordre, et ne pensent pas détruire aujourd'hui ce qu'ils adoptaient hier. Bien qu'il y ait des factieux, ils disparaîtront avec leurs barricades.

— Avant trois mois, ajouta-t-il, la République n'existera plus.

— C'est possible encore, lui dis-je, car rien n'est durable sur la terre ; ceci tombe, cela grandit sous le souffle de l'Éternel. Mais avant que la République tombe, moi, jeune homme de vingt-cinq ans, dont la verve est peu poétique, je vous parie que j'aurai composé un volume de poésies. La gageure faite, je sacrifiai à cette œuvre littéraire quelques heures de loisir que me laissent, par intervalle, mes occupations ordinaires. Je rappelai mes idées de collaborateur de l'*Indicateur Corrézien,* à Tulle, où, depuis lors, en retour d'un bon accueil, je conserve au fond de mon cœur une vive reconnaissance aux bons et savans MM. Drappeau, imprimeur et rédacteur de ce journal. Bien jeune encore, j'ai osé écrire dans les journaux, rarement en vers. C'est donc ici mon premier essai, étant loin toutefois de songer à la publicité relativement à cette forme de langage que m'a fait prendre une cause tout exceptionnelle. Ce livre se terminait quand tombèrent les barricades de juin. Un instant, je craignis que la parole de ce prophète de malheur s'accomplirait. Mais avant deux mois cet écrit fut fait et le pari gagné.

Je me suis toujours plu à parler par la voix de la presse à mes frères éloignés, à qui les montagnes et les vallées nous empêchent de communiquer nos pensées et nos vœux.

On pensera bien que l'auteur de ce simple ouvrage n'a pas eu le temps, en dépit de Boileau, dans cette circonstance, de le repasser vingt fois sur le métier ; car le démon de la publicité n'a pas voulu laisser tomber cette affaire dans le domaine privé. Des amis l'ont littéralement pressé de le publier. Il a donc cru, sous l'influence de certaines considérations, devoir céder, et le soumettre malgré lui au public, dont la bonne foi et le bon sens lui permettent de croire qu'il sera indulgent à son égard.

On parle beaucoup aujourd'hui de communisme : ce mot passe sur le pavé des cités comme sur la poussière des champs. Au lieu d'examiner le communisme, ce tombeau des Français, cet abîme sans fond pour la société, on devrait étudier plutôt les propagateurs de ces idées systématiques,

car, par le temps qui court, tout se fait par sys-
tème, à la vapeur d'une fièvre chaude. C'est un
homme à talens, dira-t-on. Hélas! il se peut; le
soleil a ses taches, le génie ses erreurs. L'homme
en perspective, l'esprit en évidence, sans croire le
moins du monde au communisme, ne se sert de ce
grand levier que pour soulever les masses crédules; je dis crédules, en effet : on les fait mouvoir
du nord au midi, de l'orient à l'occident, en ayant
l'air de parler pour leurs intérêts, leur bonheur
et leur liberté; mais qu'on se rappelle bien que
l'air n'est pas la chanson, dit un vieux proverbe.
Ne vous y trompez pas sur ces prétendus amis du
peuple dont ils n'exploitent la bonne simplicité
que pour mieux arriver à leur but d'égoïsme. Leur
but atteint, ils ne se souviennent plus de leurs
promesses. Arrière donc ces faux amis du peuple!
méfiez-vous d'eux; ce sont au contraire vos ennemis; c'est le souffle empoisonné qui ternit toutes
choses. Ils vous tuent avec vos propres armes;
fuyez-les, et vous les réduirez au silence.

N'avez-vous pas entendu une fraction d'homme

1.

à petite capacité, s'il faut l'en juger par son dernier blasphème à la société ; ne l'avez-vous pas entendu s'écrier du fond de sa poitrine infernale : « *Non ! je n'ai pas juré de ne point élever une statue à Robespierre !* » Pensée horrible et digne d'un tel cœur. Il voudrait, ce nouveau Néron, que le genre humain n'eût qu'une tête pour la trancher d'un seul coup. Voilà donc ces soi-disant amis qui vous destinent une guillotine. Arrière, encore une fois, ces hommes, et que leur haleine empestée ne porte atteinte qu'à eux-mêmes, et qu'ils disparaissent à tout jamais dans le tourbillon du flot populaire !

Écoutez le défi porté aux communistes par l'illustre maréchal Bugeaud : « *Vous pourrez,* leur dit-il, *faire couler des torrens de sang, mais vous ne règnerez jamais en France.* » Plaise au ciel que le guerrier périgourdin dise vrai ! La vague n'est pas toujours houleuse ; vient une heure de calme où elle s'efface sur le sein des mers.

Imitons ces belles Républiques, je ne dirai pas d'Athènes, de Sparte, de Lacédémone ou de la grande Rome, mais bien, dans sa sagesse et son économie, la République des abeilles et des fourmis, où les frelons et les fourmis-lions en sont exclus.

Ayons foi en une bonne République. La foi peut tout. C'est par la foi, ce lien de la société, que tout s'opère, que l'homme nivelle les montagnes, creuse des canaux; que tout se fait et se défait, qu'on ajoute ou qu'on modifie, qu'on s'élève ou qu'on tombe. C'est par la foi que l'Empereur a si souvent conduit ses soldats à la victoire, et qu'il leur a fait enfanter des prodiges de valeur.

Gouvernans, gouvernés, ayez foi réciproquement en vous-mêmes, et notre belle République brillera d'un bien pur éclat aux yeux de l'étranger qui nous contemple.

Salut et fraternité! deux mots sublimes que le Christ inventa au haut de la croix. Qu'ils terminent bien un écrit, n'importe à quelle personne on l'adresse!

II.

C'est toujours avec peine qu'on doit s'entretenir de soi. Qu'on pardonne donc à l'auteur s'il consacre quelques lignes à parler encore de lui-même; mais c'est pour répondre à certains cœurs tarés qui passent malheureusement les quelques jours de leur pauvre vie à mentir aux oreilles du peuple, sachant, comme le dit Voltaire, qu'il en reste toujours quelque chose.

Petit-fils de commissaire-général du canton de Monpazier au district de Belvès, en Périgord, c'est la cause que certains citoyens me lancent leurs boulets rouges. Oui, je suis petit-fils de commissaire du tribunal révolutionnaire, et je m'en glorifie. Écoutez : mon grand-père fut appelé à cette charge par la voix du peuple de son pays, sous la présidence de Lakanal, représentant du peuple, plus criard que méchant. Il subit cette loi avec honneur et conscience, et mourut en défendant la cause populaire. On fut heureux de le rencontrer. Un autre citoyen eût peut-être fait du mal; il fit du bien, lui. J'en atteste le pays. A peine sorti de sa seizième année, qui le vit bachelier et professeur de philosophie, il fut investi de ces fonctions républicaines. Et par suite d'avoir trop chaleureusement défendu la cause du peuple au sein du tribunal révolutionnaire, une pleurésie le conduisit au tombeau.

Pardon, ombre chérie, ombre républicaine, si je viens troubler ton repos! Pourquoi la mort te coucha-t-elle si jeune au tombeau? Toi qui fus si pure et si attachée au peuple, toi qui ne voulus pas te prolonger sur la moindre parcelle du bien national, quand tu le pouvais, te contentant de la médiocrité où la nature t'avait placée, bénie sois-tu à tout jamais!

C'était un républicain romain, celui-là, et vous n'êtes que des républicains d'argent. Voilà la vérité; que sa lumière ne vous fasse pas pâlir. Tous vos cris restent superflus pour vous, et vos paroles de reproche deviennent des titres pour moi.

Voici la lettre de sa nomination, transcrite lit-téralement :

Belvès, département de la Dordogne, le 10 floréal de l'an IIe de la République française, une et indivisible.

LA LIBERTÉ OU LA MORT.

LIBERTÉ, PAIX AUX PEUPLES, GUERRE AUX TYRANS, ÉGALITÉ.

Le comité révolutionnaire établi à Belvès par les repré-sentans du peuple, en vertu de l'arresté du représentant du peuple Lakanal, en datte du 6 floréal, qui porte, article 1er, que, dans la nuit du 10 au 11 du courant, les comités ré-volutionnaires du département de la Dordogne apposeront les scellés sur les papiers des personnes désignées au dit ar-ticle.

ART. 4. Les comités révolutionnaires nommeront dans leur sein des commissaires, en nombre égal à celui des cantons de son arrondissement.

ART. 5. Dans le cas ou quelqu'un des commissaires nom-més ne pourrait pas suffire aux oppérations que lui présente le canton qu'il doit parcourire, il s'adjoindra un fonction-naire public.

ART. 9. Sy, dans le cours de leurs oppérations, les com-missaires trouvent des preuves d'incivisme contre quelques citoyens, les authorités constitués locales seroient tenus de le faire metre en état d'arrestation sur la demande des commissaires.

ART. 12. Il ne sera fait aucune excption dans l'apposition des scellés ; les bons citoyens approuveront une mesure qui repandra un nouveau jour sur leur conduite civique ; en conséquence, le citoyen B***, un de nos membres, a été nommé commissaire-général pour le canton de Monpazier pour procéder aux fins susdites.

Signés : LACOSTE, BRISSES, JUVES, CAMASSEL, MARAN, CARRIÈRE, MOISSET, LAPORTE.

UN DERNIER MOT.

La République à ses fleurs et sa poésie. Pour s'en convaincre, on n'a qu'à ouvrir l'histoire des Républiques de l'antiquité. C'est qu'alors on respire plus librement l'air de la liberté, de l'égalité et de la fraternité, après quoi toute âme soupire comme l'exilé après sa patrie.

L'auteur ne présente pas au public un livre de préface; il n'en a ni le temps, ni le savoir, ni le goût. Vainement on y chercherait la question politique. Il y a bien assez d'autres places ailleurs où elle est traitée (et Dieu sait comment!). Dans la majeure partie des clubs, par exemple, on n'y va malheureusement pas pour en sortir meilleur. Là se forme toujours un complot. Si la base où la République est assise vient à être oubliée, elle croulera infailliblement; et que deviendront alors, je vous le demande, les trois mots de l'homme du calvaire, le meilleur républicain du monde : *Liberté, égalité, fraternité?*

A ceux qui seraient tentés de demander pourquoi cet intitulé : l'*Étoile du Soir*, — l'auteur de ce livre leur répond d'avance : Il est si doux, pour une âme méditative, de suivre des yeux dans ses rêves d'or, par une belle nuit d'été, une étoile au bord d'un ciel pur! Sa lueur vous remplit le cœur d'amour et d'espérance, vos pieds foulent la terre, et votre noble front regarde les cieux où sont nos destinées. On a donc fait choix de ce titre, parce qu'au demeurant on aura la certitude que tout n'est pas ténèbres dans ce volume, puisqu'il y a une étoile du soir, à la lueur de laquelle on peut en parcourir paisiblement les feuilles.

Heureux si cet écrit peut plaire seulement à une âme, s'il trouve un écho sur la terre, s'il essuie une larme et porte la consolation où n'habite que la désolation! Trop heureux, enfin, si un cœur brisé par la douleur, comme un lys par l'orage, y trouve un rayon d'espérance! Alors mon âme en remerciera l'Éternel, qui donne sa lumière à l'*Étoile du Soir*.

Limeuil, mai 1848.

A M. DE C.

Souvenir m'est un doux attrait,
Reconnaissance est mon partage ;
Si mon cœur avait davantage,
Mon cœur bien plus vous donnerait.

(*Étoile du Soir.*)

Dans mon passage à travers l'existence humaine, que je suis heureux de rencontrer un homme! Que je voudrais lui pouvoir dire tout ce que mon âme éprouve de joie! Mais la langue peut-elle exprimer les sentimens du cœur! Je ne suis nullement étonné de ce que le philosophe de Synope cherchait un homme, en plein midi, un flambeau à la main. Pas plus qu'autrefois, nos bourgades et nos villes ne sont dépeuplées d'hommes; mais combien peu méritent ce nom!

J'allai dernièrement frapper à la porte d'un de ces hommes remarquables tant par l'esprit que par le cœur; et ce ne fut pas en vain. J'eus occasion, avant de me séparer de lui, de voir que c'était là un de ces cœurs qui se fondrait volontiers pour ses semblables. Cet homme, si éminemment versé dans les sciences connues des mortels, me parut d'une simplicité admirable. Et celui qui, six mois avant la révolution de février, en avait prédit l'avènement, se trouve comme abandonné dans sa solitude sur les rives de la Dordogne. Il n'y a littéralement que ceux qui ont soif de la vérité qui le visitent et qui veulent l'apprendre de lui. Et lui, qui en politique serait un pur flambeau, ne se voit-il pas délaissé loin du timon des affaires publiques? *O tempora! ô mores!* Notre siècle, c'est le temps de Socrate; le bon, c'est le mauvais, et le mauvais, c'est le bon. Il reviendrait, ce sage de la Grèce, qu'il ne trouverait pas un Alcibiade pour

l'entendre raisonner ; mais ce qu'il trouverait encore, c'est un verre de ciguë.

Notre société est gravement malade, comme le
dit fort bien le savant F. Malaurie, auteur d'un
livre intitulé : *Vie de Mme de Chantal*, que toutes
les dames devraient avoir au rayon de leurs bi-
bliothèques.

Oui, nous sommes ballotés loin de la terre
ferme. Et que voulez-vous? — L'équipage de notre vaisseau, sur l'Océan du monde, est pris d'un
vertige. Le pilote lui-même a perdu la boussole,
et, par contre-révolution, le mousse est à la proue
du vaisseau. Qu'en adviendra-t-il? — Je ne sais.
— Où allons nous? — Apparemment où le souffle
de Dieu nous portera.

Mais l'espérance, ce baume du cœur, n'a pas
encore fui de la terre. On peut bien pour un moment tenir la vérité sous un joug de fer; elle ne
saurait être vaincue; un petit cercle d'adorateurs
lui suffit; et alors, loin de pâlir devant la multi-
tude effrénée, elle combat des masses entières,
car la force est dans la vérité.

Pardon, si ma faible plume ose s'entretenir de vous. Ne m'en veuillez pas, si je me permets de mettre sous votre patronage ce livre avec les fautes sans nombre qu'il recèle.

Si le lecteur ne voit dans ce livre rien qui l'intéresse, qu'il puisse y voir du moins une preuve de reconnaissance, en retour des bons conseils que dicte votre belle âme et que transmettent vos lèvres d'or.

Salut et respect.

Périgueux, octobre.

L'ÉTOILE

DU SOIR.

————∘◦————

L'ÉTOILE DU SOIR.

A Mlle Caroline B.

J'aime à te voir, petite étoile,
Suspendue au bord d'un ciel bleu ;
Qu'aucun nuage ne te voile,
Lueur mystérieuse, adieu !

Quand vient la nuit, heure pieuse
Où le calme invite à rêver,
Vers toi, belle étoile amoureuse,
Mon âme semble s'élever.

2

Mon cœur te prend pour l'espérance
Aux heureux songes de la nuit ;
Mon œil, joyeux en ta présence,
Dans le vague des airs te suit.

Éclaire mes pas dans ce monde,
Où chaque erreur a son autel ;
Car, dans ma course vagabonde,
Je te regarde et pense au ciel.

L'Éternel a ses armoiries :
Globes des nuits, astre du jour,
Étoiles d'or, perles chéries,
Vous êtes ses cachets d'amour.

Quand le firmament est sans voile,
Le grand alphabet d'or du ciel,
Dont chaque lettre est une étoile,
Me fait connaître l'Éternel.

Ta lueur, dans mes insomnies,
Descend sur mon front attristé,
Me porte aux douces rêveries,
M'enivre de félicité.

Dis-moi, muette intelligence,
Cette loi qui te fait mouvoir,
Et dans toi, par quelle influence,
Je vois mon amour, mon espoir?

Apprends-moi quelle est ta nature,
Source unique de pureté?
Il faut bercer la créature
D'amour et d'immortalité.

Astre d'argent, aux cieux limpides,
Tu parais scintillant toujours;
De pleurs mes tristes yeux humides
S'éteignent avec mes amours.

L'homme n'a qu'un jour sur la terre;
Sous tes pas est l'éternité.
Mon cœur s'endort dans la prière,
Bénissant ta molle clarté.

Es-tu peut-être une âme pure
Penchée au ciel pour m'écouter,
Pour voir ce que mon cœur murmure
Au rayon que tu fais flotter?

Dis-moi, sous la céleste voûte,
N'es-tu pas une ombre de Dieu,
Un jalon sur la sainte route
Pour conduire l'âme au saint lieu?

Quand dans l'oubli, sous une tombe,
Je dormirai mon long sommeil,
Divin rayon, ô sur moi tombe
Pour m'éclairer à mon réveil!

L'ILE SAINTE-HÉLÈNE.

(1840.)

> On parlera de sa gloire
> Sous le chaume bien long-temps.
> (BÉRANGER.)

A JÉRÔME BONAPARTE.

Rentre aux gouffres des mers, île de Sainte-Hélène,
De ton grand prisonnier tu n'as plus que la chaîne,
Et cette même chaîne un jour, ô jour heureux !
De ton ciel inclément, de ton climat brumeux,
S'en ira lourdement peser sur l'Angleterre,
Que l'Océan déteste et que maudit la terre.

« Pour toi, Napoléon, Dieu créa deux îlots :
« L'un, la perle des mers; l'autre, écume des flots;
« La Corse, ton berceau; Sainte-Hélène, ta tombe;
« Tu traversas la terre assis sur une bombe,
« Et le monde effrayé devant toi s'inclina,
« Grand soleil d'Austerlitz, de Wagram, d'Iéna! »

Sans doute qu'un volcan, sous la vague plaintive,
Vomit ce noir rocher qu'en vain le flot avive;
Le saule y croît partout, nulle part le laurier;
La fleur ne donne pas son parfum au gravier.
Non, jamais sur ces bords la brise ne soupire,
Le bonheur n'a pas même une corde à sa lyre;
L'oiseau n'y chante pas; tout est silence et deuil
Depuis que l'Empereur tomba sur cet écueil.
Six ans d'exil, gravés en sanglant caractère,
Il eut, comme le Christ, son horrible calvaire;
Il souffrit comme on souffre autour de ses bourreaux;
Avec calme et sang-froid il supporta ses maux.
Plus que dans son triomphe, à Paris ou dans Rome,
Oui, là plus qu'au combat il se montra grand homme.
Chaque jour de l'exil apporte une douleur,
Et peut-on vivre heureux loin de ce qu'aime un cœur!
Notre joie ici-bas à la peine s'enchaîne;
L'exemple en est frappant au roc de Sainte-Hélène.
Le sentier de la gloire aboutit au tombeau,
Et chacun y descend sous le poids d'un fardeau.

L'astre du jour tombait, un soir, l'Empereur tremble,
Et ces deux grands soleils s'éteignirent ensemble.
— Quoi! foudre des combats, te voilà foudroyé!
Et depuis ton tribut à la terre payé,
Depuis près de vingt ans, devant toi qui s'arrête?
Nul ami n'a pleuré sur ta cendre muette,
Et ta tombe brunie à peine avait un nom,
Comme la pyramide aux déserts de Memnon.
Nulle pieuse main ne prit soin de ta bierre,
Et n'en écarta point la ronce ni le lierre.
Point de lampe funèbre à ton obscur séjour;
La nuit fut ton empire et l'oubli fut ta cour;
Un linceul mortuaire en mesurait l'espace,
Où pas plus qu'un esclave un roi ne tient de place.
Nul n'allait incliner son genou sur ces bords;
Il est si doux pourtant de prier pour les morts!
Le nautonnier, dit-on, le soir, quand la nuit tombe,
Comme si de sa mère il rencontrait la tombe,
En voyant un écueil qu'immortalise un nom,
Se signe par trois fois, pleure Napoléon;
S'il voit glisser parfois un brillant météore,
Il arrête sa rame, et croit que c'est encore
L'âme de l'Empereur qui passe sous les cieux
Au murmure lointain des flots harmonieux.

———

II.

Honneur au prince de Joinville,
Qui, sur ces bords, t'alla chercher,
Te descendit de ton rocher
Pour te porter dans ta grand' ville !

O grande ombre de l'Empereur,
Es-tu bien là, près de la Seine,
Loin du roc de Sainte-Hélène,
Comme le désirait ton cœur ?

Ton compagnon d'exil, de gloire,
Repose auprès de ton cercueil ;
Oui, Bertrand, partageant ton deuil,
A grandi dans notre mémoire.

Tu comptais un monde d'amis
Aux jours de ta brillante étoile ;
Un soir un nuage la voile,
Tu n'eus plus que des ennemis.

France, regarde la Colonne,
Contraste d'un bizarre sort ;
Là-haut puissant à ses pieds mort
Sur son aigle et sur sa couronne.

Si de la nuit de son tombeau
Il sortait un souffle de vie,
Il remercîrai la patrie
De reposer sous son drapeau.

Le bonheur touche à l'infortune
Et la triste nuit au beau jour ;
D'autres ont pour objet d'amour
Ce qui souvent nous importune.

Respect à la cendre des morts !
Quand nous trouvons un lit de terre,
Faisons au ciel une prière,
Laissons une larme à ses bords.

Car, qui sait ce qu'un sort contraire
Nous réserve dans l'avenir?
Un jour nous voit naître ou mourir
Dans l'opulence ou la misère.

2.

Ils nous rendent cher ton retour,
Six ans de pleurs à Sainte-Hélène;
Sur la lyre où vibra la haine,
Vibre aujourd'hui le chant d'amour.

Sainte-Hélène expia Vincenne,
Et fut pour le héros français,
Ce que l'on n'oublîra jamais,
Comme une roche Tarpéienne.

Toute cause a sa base en Dieu,
On en voit les effets sur terre;
Mais nul n'en connaît le mystère :
C'est l'Etna qui vomit son feu.

Tes reliques aux Invalides
Inspireront tous nos soldats
A vaincre ou mourir aux combats,
Comme ils firent aux Pyramides.

Tes fiers neveux vont tour à tour
Au soleil de la République,
Par un oracle symbolique,
Te bénir dans leur saint amour.

Il est beau que ton dernier frère,
Débris vivant de tes malheurs,
Te garde en répandant des pleurs
Près de ton urne funéraire !

. . . .
. . . .
. . . .
. . . .

III.

« Sainte-Hélène, fuis l'Océan,
« Roule sous les vagues plaintives ;
« Va, grand cadavre, loin des rives
« Alimenter quelque volcan. »

UN SOUPIR.

Mon cœur murmure solitaire
Comme la source au fond d'un bois,
Mais nul écho sur cette terre
Ne daigne répondre à sa voix.

O Muse, ange de l'harmonie,
Sur moi de ton divin séjour
Souffle un rayon de ton génie,
Donne à ma voix des chants d'amour.

Tous les êtres de la nature
Rendent gloire au Dieu créateur;
Le flot qui suit le flot murmure,
L'insecte bourdonne à la fleur.

L'oiseau chante sous la feuillée,
Le lion rugit aux déserts,
Les mille fleurs de la vallée
Laissent leurs parfums dans les airs..

La feuille répond au zéphyre,
L'atôme a sa voix ici-bas,
Au roseau la brise soupire,
Et moi seul je ne chante pas.

Le soleil parcourt sa carrière,
L'étoile glisse sous les cieux,
L'ange éternel de la prière
A des accens mystérieux.

L'enfant, si rayonnant de joie,
Apprend sur le sein maternel
A bénir celui qui l'envoie,
A prier un nom doux au ciel.

Les mille torrens d'harmonie
Dans le sein de l'immensité,
En son langage tout le prie,
Tout nous révèle sa bonté.

L'épi d'or au souffle frissonne,
L'air frémit, tout chante à la fois,
L'airain pieux au loin résonne,
Moi seul, hélas! je suis sans voix.

Muse, du moins dans mon délire,
Puisque je n'ai pas le bonheur
De te chanter sur une lyre,
Permets l'hymne de la douleur :

« Murmure, ô voix que rien n'écoute,
« Comme un son qui vient du clocher,
« Comme un écho sous une voûte,
« Comme un fil d'eau dans le rocher.

« Est-il une rive assez sombre
« Où pouvoir cacher mes douleurs,
« Pour que mes tristes yeux dans l'ombre
« Puissent s'éteindre dans les pleurs?

« Mon cœur se ferme à l'espérance,
« Gros de regrets et de désirs;
« Ma vie est un temps de silence,
« Mes chants d'amour sont des soupirs.

« Une larme à la solitude
« Console, dit-on, ici-bas ;
« C'est pourtant un affreux prélude
« Pour qui pleure et ne chante pas ! »

L'ENFANT DE LA SAVANE.

Sur le bord d'un torrent, au fond d'une savane,
Sous un vieux cocotier qu'enlace la liane,
Je m'éveille à l'aurore aux doux chants des oiseaux,
Et je m'endors, le soir, heureux dans ma cabane,
    Au bruit du vent dans les roseaux.

    Quel plaisir, sur la mousse,
    Près d'un camélia,
    D'entendre la voix douce
    De ma sœur Élia !

Nous saluons trois fois au retour de l'aurore
Le Grand-Esprit qu'au soir nous bénissons encore ;
Dieu de notre savane, ô génie éternel,
Veille sur Élia, car le jour va se clore,
    Et je n'ai d'ami que le ciel.

Quel plaisir, sur la mousse,
Près d'un camélia,
D'entendre la voix douce
De ma sœur Élia !

Depuis deux nuits, hélas ! je sommeille sans rêve ;
Le cœur jette un soupir, soupir que l'âme achève
Quand on attend sa mère et qu'elle ne vient pas ;
Tout espoir est perdu ; mais puisque le jour lève,
   Que le jour éclaire ses pas !

Quel plaisir, sur la mousse,
Près d'un camélia,
D'entendre la voix douce
De ma sœur Élia !

Pendant qu'Élia dort je vais quérir ma mère,
Qui doit s'être égarée au sentier solitaire,
En allant dans les bois pour nous cueillir un fruit.
Repose en paix, ma sœur, au sein de la chaumière,
   Comme une fleur quand le jour fuit.

Quel plaisir, sur la mousse,
Près d'un camélia,
D'entendre la voix douce
De ma sœur Élia !

Ce tout petit enfant s'inclina sur sa couche,
Et trois fois il colla ses lèvres sur sa bouche,
Couronna son berceau d'un bouquet virginal,
Puis son corps s'agita comme un roseau que touche
    Le premier souffle matinal.

    Quel plaisir, sur la mousse,
    Près d'un camélia,
    D'entendre la voix douce
    De ma sœur Élia !

Et l'enfant du désert courut au lac tranquille,
Lac qu'effleure souvent une hirondelle agile ;
Il côtoya le bord, écouta, mais en vain,
Pleurant et soupirant sur la borne immobile
    Qu'il rencontrait sur son chemin.

    Quel plaisir, sur la mousse,
    Près d'un camélia,
    D'entendre la voix douce
    De ma sœur Élia !

Tout près d'un pont de fleurs, jeté par la nature
A travers un ruisseau dont chaque flot murmure,
Il s'arrêta soudain et se mit à genoux,
Redemandant sa mère à cette rive obscure,
    Et l'écho redit un nom doux.

Quel plaisir, sur la mousse,
Près d'un camélia,
D'entendre la voix douce
De ma sœur Élia !

Au pays des palmiers il revint sans sa mère,
Triste et courbé comme un lys solitaire
Que l'orage a battu quand l'éclair brille au ciel.
Tout s'unit, se sépare, en un jour, sur la terre ;
Tout a son absinthe, son miel.

Désormais, sur la mousse,
Pour moi moins de bonheur
D'entendre la voix douce
De mon aimable sœur !

II.

Écoute ce récit, mère tendre et pieuse,
Car l'âme de la mère est l'étoile amoureuse
Qui, le soir, pleure le malheur ;
Pleure ces orphelins qui demandent leur mère ;
Leurs cris sont superflus : nul écho, sur la terre,
Ne répond encore à leur cœur.

Boire à la coupe amère est un triste prélude
Pour des petits enfans, fleurs de la solitude,
    Dont la mouche est d'or et de miel.
Prions pour eux ! — Aux maux la prière est un baume;
Elle est toute-puissante à l'oreille de l'homme,
    Bien plus encore à l'Éternel.

LA VIOLETTE.

A Mme Ferdinand M.

Gentille violette,
Timide fleur des bois,
Devant toi je m'arrête,
Plus heureux chaque fois.

J'aime la blanche étoile
Qui luit dans un ciel bleu;
De la vierge le voile,
Son gracieux adieu.

Gentille violette,
Timide fleur des bois,
Devant toi je m'arrête,
Plus heureux chaque fois.

De la verte colline
J'aime l'étroit sentier,
Quand une brise incline,
Incline l'églantier.

Gentille violette,
Timide fleur des bois,
Devant toi je m'arrête,
Plus heureux chaque fois.

J'aime, de la prairie,
Le gazon verdoyant;
La sylphide chérie
Au visage riant.

Gentille violette,
Timide fleur des bois,
Devant toi je m'arrête,
Plus heureux chaque fois.

J'aime la tourterelle
Qui gémit dans les bois,
Le temps où Philomèle
Fait entendre sa voix.

Gentille violette,
Timide fleur des bois,
Devant toi je m'arrête,
Plus heureux chaque fois.

J'aime le doux murmure
Des flots harmonieux,
Une voix fraîche et pure
Qui chante sous les cieux.

Gentille violette,
Timide fleur des bois,
Devant toi je m'arrête,
Plus heureux chaque fois.

De la naissante aurore,
J'aime tant la fraîcheur,
Quand vole, vole encore
Papillon à la fleur.

3

Gentille violette,
Timide fleur des bois,
Devant toi je m'arrête,
Plus heureux chaque fois.

Quand tout rentre et repose
Dans l'ombre de la nuit,
J'aime à voir, de la rose,
L'abeille qui s'enfuit.

Gentille violette,
Timide fleur des bois,
Devant toi je m'arrête,
Plus heureux chaque fois.

Tout vole vers sa pente :
L'insecte suit la fleur,
Le clair ruisseau serpente
Et le cœur aime un cœur.

Gentille violette,
Timide fleur des bois,
Devant toi je m'arrête,
Plus heureux chaque fois.

LE BÉNITIER.

A Mme Virginie M.

Ce que j'aime le plus à voir dans une église,
    C'est la croix et le bénitier ;
Ces symboles, au cœur, passent comme une brise ;
Leurs vertus ont un prix qu'on ne peut oublier.

Et le jeune et le vieux, la vierge à la voix pure,
    Chacun de nous va tour à tour
Auprès du bénitier pour laver sa souillure,
Afin de prier Dieu, l'aimer d'un saint amour.

Comme, avant de parler aux princes de la terre,
    On s'orne chacun de son mieux,
Il faut que l'âme aussi, dans une eau salutaire,
Se fasse pure et belle en présence des cieux.

La croyance pieuse est bonne à toute peine.
    O douce consolation !
Sans toi, plus malheureux, aux fers de Sainte-Hélène
Se serait vu tombé le Grand-Napoléon.

Ton onde, ô bénitier ! prend sa source au calvaire,
    Au côté de Jésus mourant.
Partout elle est le baume à la douleur amère,
Soit au lit du vieillard comme au lit de l'enfant.

Coule sur tous les fronts, eau du Christ, eau bénite ;
    Rends-les joyeux et vertueux ;
Donne la force à l'âme, afin qu'elle médite
Le mot d'éternité qui l'attend dans les cieux.

L'enfant suit le chemin que lui trace sa mère :
    Elle en doit compte à l'Éternel.
Que Dieu soit à sa bouche, à son cœur la prière,
Et l'enfant, tout chrétien, ne craindra que le ciel.

A ta source sacrée, une femme pieuse
    Qui fait le signe de la croix,
Sera toujours pour moi la perle précieuse,
Et de mon cœur mourant le dernier son de voix.

Près du seuil de la porte on trouve à la chapelle,
    Comme borne entre l'homme et Dieu,
Une citerne sainte où toute âme fidèle
Plonge et se régénère en entrant au saint lieu.

Quand tu rentres, mon âme, au sein de quelque temple,
    Vole toujours au bénitier;
Pleure sur ton passé, puis pour l'avenir tremble;
Plus on a le cœur pur, plus on aime à prier.

Tout s'épure en passant par l'onde salutaire
    Du bénitier, nouveau Jourdain.
J'y plonge un doigt léger aux heures de prière,
En me signant au front le soir et le matin.

Tu mouillas mon berceau, tu mouilleras ma tombe,
    O deux fois sainte ablution!
Car l'enfant qui se lève et le vieillard qui tombe
Sont tous bénis par toi comme enfans de Sion.

Chacun devrait avoir, à côté de sa couche,
    Un crucifix, un bénitier;
Ils veilleraient sur vous pendant que votre bouche
Murmure un rêve d'or sur un moëlleux sommier.

Une croix à la main à mon heure dernière,
    L'eau bénite à mon lit de mort
Rendront mon âme pure aux yeux de Dieu, j'espère,
Et mon dernier soupir s'éteindra sans remord.

UN BOUQUET DE FÊTE.

Au capitaine M.

Le vœu que fait mon cœur
Vaut plus que lys et rose ;
Est-il plus douce chose
Qu'un souhait de bonheur?

Dans une fleur épanouie
Tu vois, il est vrai, tous les jours
Le doux objet de tes amours,
Ta belle et tendre Virginie.

Le vœu que fait mon cœur
Vaut plus que lys et rose ;
Est-il plus douce chose
Qu'un souhait de bonheur ?

Cette autre fleur qui vient d'éclore
Au jardin quand tu vas t'asseoir,
Te parle d'Eugène et d'espoir,
Te laisse un rêve d'or encore.

Souvenir m'est un doux attrait,
Reconnaissance est mon partage ;
Si mon cœur avait davantage,
Mon cœur bien plus te donnerait.

AU MARÉCHAL BUGEAUD D'ISLY.

Le temps amène la justice.
Laisse tomber l'orage et grandir ton laurier.

(*Odes et Ballades* de V. H.)

Tout barde doit avoir à sa vibrante lyre
    Une corde humide de pleurs.
Mon cœur murmure un nom, nom que j'aime à redire,
Quand partout à l'entour tout un peuple en délire
    Foule les lauriers et les fleurs.

Des bords fleuris d'Oran aux rivages de Bône,
    Jusqu'au désert du Sahara,

L'Arabe tremble au nom que la gloire couronne,
Invoque en vain Allah dans un chant monotone ;
    Il est muet à son hourra.

Rends hommage, ò mon luth, à la vertu bannie,
    Au fier guerrier du Périgord !
Car l'ostracisme encor pèse sur le génie :
Le désordre aujourd'hui passe pour harmonie ;
    La France est dans un long discord.

Oui, depuis quarante ans, favori de la gloire,
    Que ta couche est près du canon,
Se peut-il qu'on t'outrage en lisant ton histoire?
Non ! nul ne peut ternir ton heureuse mémoire ;
    S'il en est, c'est un histrion.

Console-toi, Bugeaud, guerrier d'un nouveau monde,
    Si la haine suit tous tes pas ;
Ton laurier grandira sous l'orage qui gronde ;
L'erreur d'un jour qui trône en ténèbres abonde,
    Et finit par tomber bien bas.

On sait bien que le vent au sein de la Savane
    Ne fait pas sentir tout son poids
A l'arbuste fragile, à quelque humble liane,
Aux fleurs du val profond qu'un faible souffle fane ;
    C'est aux grands monts qu'il bat les bois.

Tu réponds à l'injure en nous offrant ton glaive,
  Noble vengeance d'un soldat,
Notre hymne est gloire à toi ! Chaque aurore a son rêve,
Toute heure son point noir, son soleil qui se lève,
  Chacun a sa paix, son combat.

Seul, dans sa solitude, il cultive la terre
  Comme un autre Cincinnatus ;
Il quitte avec honneur les bataillons de guerre,
Tout l'appareil d'un camp, la bombe meurtrière,
  Quand les ennemis sont battus.

Il parcourt un sillon derrière un char rustique,
  Comme au char du triomphe un camp ;
Comme un noble Romain, pendant la République,
Il rentre triomphant au foyer domestique
  Pour labourer en paix son champ.

Salut, toi qui reviens d'une terre lointaine
  Au doux pays de tes aïeux !
Nous bénissons le ciel qui vers nous te ramène ;
Gladiateur fameux, reconnu dans l'arène,
  Nous t'offrons nos cœurs et nos vœux !

UN ADIEU.

A Mlle Théodile C.

Avant de quitter cette plage,
Reçois les regrets de nos cœurs ;
Quand on se sépare à cet âge,
On ne marche plus sur les fleurs.

Crois-nous, reste sur cette terre,
Il faut une larme au départ ;
Reste, jeune et belle étrangère,
Au moins une heure de retard.

Dis-moi, ne t'en vas pas encore,
Tu seras heureuse avec nous;
Attends une nouvelle aurore;
D'autres climats sont-ils plus doux?

Nous n'irons plus sur le rivage
Entonner l'hymne des amours,
Chanter le bonheur du jeune âge;
Nous te regretterons toujours.

Adieu, puisque le sort contraire
Te porte, hélas! sous d'autres cieux;
Ne sois pas sourde à la prière,
Reçois nos regrets, nos adieux.

Et puis, pendant la nuit obscure,
Pense quelquefois, pense à moi,
Dont la langue toujours murmure :
Emma, mon amour est à toi!

Et que parfois ta bouche rose
Chante nos amours d'autrefois,
A la fleur toute fraîche éclose,
Aux échos lointains de tes bois.

UNE LARME POUR LE TOMBEAU.

Le respect pour les morts est naturel à l'homme,
On le trouve partout, dans Athènes, dans Rome.
Tous les peuples du monde ont prié pour les morts,
Un seul peuple excepté, rongé par le remords.
Comme dans les déserts le vent brise l'érable,
Dieu paralysa bien l'acte à jamais coupable
De ces rouges Brutus qu'on vit du grand Paris
Sortir en tourbillon, voler à Saint-Denis,
Pour jeter dans les airs une cendre muette
Qu'on doit fouler en pleurs en inclinant la tête.
Rien ne reste impuni ; Dieu patiente au ciel ;
Mais s'il est patient, c'est qu'il est éternel.
On le vit se courber, ce peuple téméraire,
Comme un vautour, jusqu'à la pierre tumulaire ;
Il descendit au fond de ces anciens caveaux,

En lança la poussière au-delà des tombeaux,
Et de la guillotine allait, comme un vampire
Rassasié de sang, joyeux dans son délire,
Insulter à la tombe, et, par un sot orgueil,
Briser en cent lambeaux ton long manteau de deuil.
« Saint-Denis! Saint-Denis! pleure maintenant, pleure
« La cendre des héros de ta sainte demeure;
« Tu ne reconnais plus la race de tes rois,
« Car ton temple est désert et muet à ta voix.
« Il me semble te voir, durant la nuit obscure,
« Passer et repasser, comme un flot qui murmure,
« A travers les débris de ton monde détruit,
« Cherchant sous les cyprès, au calme de la nuit,
« Un monument pieux, reste d'un mausolée,
« Pour poser ton genou sur la pierre isolée,
« Pour prier, essuyer les larmes de tes yeux
« Avant de t'envoler dans les hauteurs des cieux. »

II.

Oh! regardez un peu ces jeunes Canadiennes
        Dans leurs plages américaines,
Lorsqu'en pleurs sur la tombe, où dorment leurs enfans
        Moissonnés à leurs premiers ans,

Elles laissent tomber tout leur lait goutte à goutte
    Pour un pieux espoir sans doute.
Au-delà du tombeau, leur amour maternel
    Accompagne leur souffle au ciel.

Ne voit-on pas encor ces veuves de Floride,
    Sous leurs huttes de pyramide
Où reposent en paix les os de leurs époux,
    Venir se jeter à genoux,
Couper, une fois l'an, leur belle chevelure
    Sur le lieu de leur sépulture?
Comme un lys sans soleil perd bientôt sa blancheur,
    Cœur sans écho n'est plus un cœur.

Des bords de l'Orénoque à la Louisiane,
    Sous le soleil de la Savane,
On voit les habitans garder pour leurs aïeux
    Un souvenir religieux,
Orner de plumes d'or les vieux os de leurs pères.
    Obligés de quitter leurs terres,
Ils portent avec eux les ossemens humains
    Et leurs dieux aux pays lointains.

Et par-delà les mers, sur les rives du Gange,
    Ne dirait-on pas que quelque ange
Aux tombeaux indiens préside nuit et jour
    D'un vol de mystère et d'amour?

Sous le gazon des pleurs, sous l'arbuste aussi rare
. Dont cette demeure se pare ;
Coule une onde plaintive, et fuyant de ces bords,
Invite à prier pour les morts.

Debout sur les débris de notre race humaine,
Où la mort toujours se promène,
Nos pères, les Gaulois, délibéraient entre eux
Entre les tombeaux et les cieux,
Et liaient leurs sermens par de saintes prières,
Pour calmer leurs dieux tutélaires,
Afin de s'attirer leurs dons et leurs bienfaits,
Que leur cœur n'oubliait jamais.

La Grèce d'autrefois, le berceau d'Alexandre,
Des héros recueillait la cendre,
Avec un grand respect, au fond d'une urne d'or,
La conservait comme un trésor ;
Chaque famille avait son urne funéraire,
Où le fils invoquait le père,
L'homme à l'homme disait, dans ses rêves pieux,
Ses vagues souvenirs des cieux.

Et la fille du Nil, fleuve aux ondes limpides,
Sous la voûte des Pyramides,
Murmure dans son cœur Sésostris, Pharaon.
Du fond des déserts de Memnon,

Voyez, elle s'en va comme à des fleurs chéries
Vers tout un monde de momies.
Parler avec les morts, garder leur souvenir,
Nous rend meilleurs, nous fait bénir.

III.

A l'aspect de la tombe
Jetons-nous à genoux,
Car alors que l'on tombe
On prie au ciel pour nous.

Tombe, larme muette,
Où tout un monde dort,
Lorsque mon œil s'arrête
Au tertre de la mort.

Prie et courbe ta tête,
Hydropique d'orgueil,
Car après chaque fête
Il te reste un cercueil.

Oh ! priez ; — la prière
Est le baume du cœur ;
C'est la paix sur la terre,
Pour le ciel, le bonheur.

La prière est à l'âme,
A l'abeille le miel,
Aux plantes le dictame,
Et l'avenir au ciel.

L'âme, ici-bas, s'élève
De la prière aux cieux ;
Quand son hymne s'achève,
Exaucés sont ses vœux.

Dans son vol de mystère,
A l'urne du Seigneur,
L'âme dans la prière
Va chercher le bonheur.

A la coupe sacrée
Du palais éternel,
L'âme désaltérée
Revient perle du ciel.

Quand l'âme est dans la peine,
Qu'elle vole au saint lieu,
Et que le cœur devienne
La cellule de Dieu.

Quelques jours de souffrance
Pour une éternité;
Après la délivrance,
Toujours la liberté.

IV.

Sous les cyprès, un soir, au cimetière,
D'un pas rêveur je suivais les tombeaux,
Au souvenir d'une douleur amère
Et dans les pleurs que font verser les maux.

Nous allons tous, sans savoir à quelle heure,
Au champ de mort dormir un long sommeil,
Et là, chacun dans l'étroite demeure,
Esclave ou roi, nul n'a plus de soleil.

Là, tout s'éteint, l'amour et l'espérance,
Illusions, gloire, honneur, liberté,
Patrie, exil, la joie et la souffrance,
Et l'homme a soif de l'immortalité !

La tombe, hélas! demande une prière,
Un seul soupir pour l'ami qui n'est plus,
Un jour pour nous, couchés dans la poussière,
Prîra quelque âme au milieu des élus.

Sur les gazons, où vent de mort soupire,
Je lus ces mots sur la pierre, à genoux :
« Seize ans au plus elle avait, pauvre Elmire!
« Elle est au ciel, elle prîra pour vous! »

Je vis dans l'air voler une colombe,
Laissant tomber à terre un vert rameau,
Signe d'espoir pour qui s'élève ou tombe,
Heureux qui donne une larme au tombeau !

A Mme LA COMTESSE D'A.

Avant qu'hiver les fane,
Oh ! pourquoi fuir les fleurs
Avant que la liane,
Sur l'onde diaphane,
Gémisse au vent des pleurs !

Tant que fraîche corolle
Recèle un bouton d'or,
Restez à la vitrole
Où le papillon vole,
Restez une heure encor.

L'arbre encore a sa feuille,
La source sa fraîcheur ;

La jeune vierge cueille
La rose qu'elle effeuille
Aux doux rêves d'un cœur.

Pourquoi quitter votre île,
Et fuir sous d'autres cieux?
Serez-vous plus tranquille
Au sein de quelque ville
Qu'au bord de ces beaux lieux?

Elle part. — Sa demeure,
Fermée aux indigens,
S'ouvrira-t-elle à l'heure
A la veuve qui pleure
Avec ses deux enfans?

Le pauvre en sa cabane
N'aura pour tout soutien
Que la tendre liane,
Qu'un premier souffle fane
Le soir ou le matin.

Désormais sur la rive,
Pour qui ces belles fleurs,
Cette onde fugitive
Dont la vague plaintive
Répond à nos douleurs?

Nos cœurs dans la tristesse
Murmurent votre nom,
Comme Arabe en détresse
Implore une déesse
Aux déserts de Memnon.

Dans son vol de mystère
A l'hymne des amours,
L'ange de la prière
Veut que sur cette terre
Vous nous restiez toujours.

———

4

L'EXILÉ.

A L. N.-B.

Salut, ô mois de mai, mois qui donne à la terre
Un manteau de verdure, au bocage un mystère,
Nuances et parfums à des milliers de fleurs,
La voix au rossignol, le murmure aux fontaines,
Les feuilles à l'arbuste aux ombres incertaines;
      Tu renais et je meurs.

Mais je meurs exilé loin des terres de France,
Le cœur plein de regrets et vide d'espérance,

Sans qu'un écho jamais réponde à mon soupir,
N'espérant plus revoir le ciel de ma patrie
Où sont mes vieux amis et l'étoile chérie,
     Jours et pleurs vont tarir.

J'aimais tant mon pays, son bonheur et sa gloire !
Mon cœur vibrait joyeux en lisant son histoire ;
J'ai tout sacrifié, mes veilles et mon sang ;
J'ai combattu long-temps armé de mon courage.
Au peuple est mon amour, ma haine à l'esclavage,
     Ma joie est dans un camp.

Comme une douce brise au vert rameau soupire,
J'ai vu, pauvre exilé, l'homme à l'homme sourire ;
Et nul ne m'a souri, nul n'a pressé ma main !
J'ai vu de frais lilas ; — mais plus beaux sont encore
Ceux du vieux Luxembourg, que mai va faire éclore
     Au souffle du matin.

J'ai vu l'onde couler serpentant dans la plaine,
Mais ce n'est point, hélas ! le flot pur de la Seine.
La vague et l'exilé s'en vont de la cité
Aux rivages déserts où le cœur aime à dire :
Triste et doux souvenir fais résonner ma lyre
     Au cri de liberté.

Par la balle ennemie, atteint sous la mitraille,
Que ne suis-je donc mort au feu de la bataille?
Je ne survivrais pas à l'amère douleur
De me voir en exil pour toute récompense.
Mais Dieu le veut, c'est bien! Mon amour pour la France
    Compte un soupir au cœur.

L'Anglais, cruel vautour, réclame mon cadavre,
Le cri de mort lui plaît comme l'orfraie au hâvre;
Il préfère un nuage à l'étoile du ciel.
Attends encore un jour, ô maudite Angleterre!
Ma dépouille mortelle ira sous la poussière,
    Mon âme à l'Éternel.

Mes fers étaient brisés, heureux et dernier rêve!
Si l'un commence un hymne, il faut que l'autre achève;
Je vis mes descendans, au nom Napoléon,
Voguer vers l'Angleterre et mettre Londre en cendres;
Mon âme en tressaillit, voyant l'Anglais se rendre
    Aux cris de l'Alcyon.

Sur un rocher mon front s'incline et mon cœur prie.
Écoute, belle France, ô ma chère patrie,
D'un mourant le désir aussi pur que les cieux :
Que ma cendre muette aille aux bords de la Seine
Se reposer en paix, loin du roc Sainte-Hélène,
    Au sein d'un peuple heureux.

Adieu, doux mois de mai, mois qui donne à la terre
Un manteau de verdure, au bocage un mystère,
Nuances et parfums à des milliers de fleurs,
La voix au rossignol, la fraîcheur aux fontaines,
Les feuilles à l'arbuste aux ombres incertaines,
    Donne à mes yeux des pleurs!

5 mai.

LE PAPILLON.

De la rose à la rose,
Papillon, aux beaux jours,
Voltige et se repose
Sur les fleurs, ses amours.

Sur l'aile du zéphyre,
Fils ailé du printemps,
Au parfum qui t'attire
Tu parais tous les ans.

Oh! comme tu balances!
Hâte-toi de jouir;
Étale tes nuances :
Tu vas bientôt mourir.

Tu ne vis qu'une aurore,
Au plus sept ou huit jours;
L'heure où tu viens d'éclore
Est le temps des amours.

Ta vie est douce et pure
Comme un cœur de seize ans,
Comme un flot qui murmure
Au retour du printemps.

Emblème d'espérance,
Doux rayon de bonheur,
Vole avec confiance
Au parfum de la fleur.

Flotte, ô bulle azurée!
Oh! flotte au gré du vent;
Ton aile diaprée
Fait sourire l'enfant.

Au sein de la prairie
Tout joyeux il te suit,
Quand ton ombre chérie
Passe à terre sans bruit.

Dans les chaudes haleines,
Tu glisses mollement,
En suivant des fontaines
Le doux gazouillement.

O brillant éphémère !
Tu vis de volupté,
D'amour et de mystère
En pleine liberté.

Le papillon des roses
Trouve, en son heureux sort,
Aux fleurs fraîches écloses,
La naissance et la mort.

Il se berce à l'aurore,
Aux brises de l'amour;
Il est si jeune encore !
Météore d'un jour.

Une goutte d'eau pure,
Aux calices des fleurs,
L'enivre sans souillure
Comme une aurore en pleurs.

4.

Il nage, solitaire,
Aux doux rayons des cieux,
Laisse un parfum à terre
Pour un plus précieux.

Dans la fraîche corolle,
Il puise la douceur;
Puis il vole et revole
Aux flots purs du bonheur.

Toute âme qui s'altère
Envie au papillon
Le bonheur que, sur terre,
Il goûte à l'abandon.

Sois semblable, ô mon âme!
Au papillon d'amour
Qui brille et qui s'enflamme
A la clarté du jour.

Mon cœur suit l'espérance
Comme il suit chaque fleur,
Mollement, en silence,
Pour trouver le bonheur.

Aux îles de lumière,
A l'heure des plaisirs,
Il butinait naguère
Au gré de ses désirs.

Vers la source éternelle,
Il a pris son essor,
En rasant de son aile
Les mille boutons d'or.

Adieu ! frêle existence;
Née à peine tu meurs,
Sylphide de l'enfance;
Mais tu meurs sur des fleurs.

LA VIERGE DU COUVENT.

CANTIQUE.

Air : *Le Pauvre Mousse.*

A LA SOEUR CLAIRE.

J'aime à prier solitaire
Aux pieds des divins autels ;
Là s'exauce ma prière,
Loin des regards des mortels.

Asile de l'innocence,
Où coulent heureux les jours,
Où j'appris Dieu dès l'enfance,
Oui, je veux t'aimer toujours.

C'est un joug si salutaire
Que le saint joug du Seigneur!
Aimons donc un si bon père;
Aimons-le de tout notre cœur.

AU POÈTE JASMIN.

Un soir, à une séance littéraire, dans la salle de la cour d'assises de Tulle (Corrèze), je fus désigné pour faire un compliment et offrir à l'illustre barde une petite corbeille en porcelaine, dans laquelle se trouvait un rossignol sur une branche de jasmin, au milieu des fleurs fraîches écloses.

OL POÈTO JASMÈN.

Lo may doucélo dé loys flours
Vé dzita soun parfun à Tulo;
Moun âmo én flos dé zoïo oundulo,
Vézi lo flour dé moys omours.

Lou flot eymo lou flot qué coulo,
Oyssi lou goût, oyllour lo foulo,
S'en van respira lou jasmèn,
Car sin tant boun lo flour d'Agen!
Poèto coumo s'en vey gayré
Sè pas uno bullo din l'ayré,
Perlo fino ol foun dé loys mèrs
Foun et formo soun din tus vèrs.
Lus douys bardos dé lo noturo
Soun à Tulo au questé printén,
Et dé lour voix tant douço et puro
Lou roussignol et lou jasmén
Charmén lou saint mès dé Morio,
L'un ol solun, l'aoutré en prairio;
Onèt, doumo, contas toudzours
Chantrés dél ciel, ô moys omours!

TRADUCTION LITTÉRALE.

La plus douce des fleurs
Vient jeter son parfum à Tule;
Mon âme en flots de joie ondule,
Je vois la fleur de mes amours.

Le flot aime le flot qui coule,
Ici le goût, ailleurs la foule,
S'en vont respirer le jasmin,
Car elle sent si bon la fleur d'Agen !
Poète comme on en voit guère,
Tu n'es pas une bulle dans l'air ;
Perle fine au fond des mers,
Fond et forme sont dans tes vers.
Les deux bardes de la nature
Sont à Tule ce printemps,
Et de leur voix si douce et pure
Le rossignol et le jasmin
Charment le saint mois de Marie,
L'un au salon, l'autre dans la prairie;
Aujourd'hui, demain, chantez toujours,
Chantres du ciel, ô mes amours !

RÉPONSE DU BARDE AGENAIS.

Un roussignol entré de flous !
Aquel portrèt es trop flattous ;
Aciou , tout aro , m'escoutâbes ,
Pramo qu'aquel droumio ; mais se lou rebeillàbes ,
Per el me quittayas , moussus ;
Même per l'escouta , jou , nou cantoyoy plus !

———

TRADUCTION LITTÉRALE.

Un rossignol entre des fleurs !
Ce portrait est trop flatteur ;

Ici, tout à l'heure, vous m'écoutiez,
Parce que celui-là dormait; mais si vous le réveilliez,
Pour lui vous me laisseriez, messieurs;
Même pour l'écouter, moi, je ne chanterais plus !

LES BARRICADES DE 48.

Vestros oculos interrogate.

(Tac.)

Fuis la capitale,
Fille de Paris,
Cette heure fatale,
Où par intervalle
La ville est aux cris.

Le fer et la flamme
S'élèvent souvent
Sur donzelle et dame,
N'importe quelle âme,
Au fatal moment.

Tout le monde tremble
Au sanglant combat,
Quand la cloche au temple
Dans les airs s'ébranle,
Quand le rappel bat.

Dans la cité grande
On se bat à mort,
A qui la guirlande
Sans qu'on appréhende
Un malheureux sort.

Là, le canon gronde
Aux opinions,
Et sa voix immonde
Fait trembler le monde,
Palais et maisons.

Bombe meurtrière, —
Elle éclate en l'air,
Tombe sur la terre,
Fouille la poussière
De ses dents de fer.

Une huile bouillante
Au fort du combat,
De lutte sanglante
Tombe jaillissante
Sur le bon soldat.

Et la cantinière,
Que Dieu doit damner,
Donne au militaire
L'eau-de-vie amère
A l'empoisonner.

La femme en délire
Portant un rasoir,
Sicaire, il faut dire,
Se lave et se mire
Aux flots d'un sang noir.

Que de barricades !
Trois mille neuf cents ;
Nouvelles ménades
Vont sur ces parades
De morts, de mourans.

Pour le plus coupable,
L'innocent au camp,
Dans un but louable,
Partant regrettable,
Donne tout son sang.

Non ; horde sauvage,
Tu n'eus rien d'égal ;
Ni Rome ou Carthage
N'eut, dans l'esclavage,
Un jour si fatal.

Quel démon t'anime,
Peuple Néronien?
Pour commettre un crime,
Tout ton corps s'escrime,
Rouge vient ta main.

Le canon, la balle,
Portent vitriol ;
Lieu de cannibale,
De lutte infernale,
De meurtre et de vol.

L'homme est toujours l'homme,
Avant comme après;
A Paris, à Rome,
Ainsi, c'est tout comme,
Malgré le progrès.

Mon cœur se refuse
A tracer les traits
D'une étrange ruse,
Que toute âme accuse
De tant de forfaits.

C'est le communisme,
Tombeau des Français,
Qui montre son prisme
Dans son empirisme
Par tant de méfaits.

Dans cette grand'ville,
Le mot liberté
Fait guerre civile,
Et ne dort tranquille
Dans nulle cité.

Chacun le commente
Selon son désir;
C'est calme ou tourmente,
Aux desseins qu'on tente
Pour y parvenir.

Ne fait-il pas naître
Chaque faction?
Dieu veut le permettre
Pour purger, peut-être,
Notre nation.

C'est là notre histoire
De quarante-huit,
Avec le déboire
De ce long mémoire,
Qui partout nous suit.

Elle est par trop vraie
Pour notre pays;
C'est comme une orfraie,
Dont la voix effraie,
Cause des ennuis.

Il faut une guerre,
Comme il faut la paix ;
Mais trop meurtrière
Et trop débonnaire,
Ce n'est bien jamais.

Fuis les barricades
D'où l'alarme part ;
Viens aux promenades,
Dans nos sérénades ;
Hâte ton départ.

O viens en province,
Le climat est doux !
Là, pour aucun prince,
Qu'il soit gros ou mince,
Point de rendez-vous.

O voix douce et pure,
Viens au vieux manoir
Dire à la nature
Ce qu'un cœur murmure
Aux brises du soir !

Dans la vie heureuse
Tu seras toujours.
La vallée ombreuse,
Pour l'âme rêveuse,
Se prête aux amours.

Ta main dans la mienne,
Nous vivrons heureux ;
Qu'ici Dieu te mène,
Ma voix à la tienne
Ira sous les cieux.

Allons au rivage
Nous asseoir tous deux ;
Peut-on à notre âge
Vouloir d'autre image
Que celle des cieux ?

Tout aime une chose :
L'abeille, la fleur ;
La vierge, une rose
Toute fraîche éclose ;
Moi, j'aime ton cœur.

———

LA BARONNE.

Un soir, je vis une baronne
Au front limpide, à l'œil joyeux.
Elle est, dit-on, si douce et bonne,
Son âme est un rayon des cieux.

Depuis lors cette ombre chérie
Fait rêver mon cœur nuit et jour,
C'est la sylphide de ma vie,
L'étoile d'or des nuits d'amour.

Pourquoi, seule, belle baronne,
Vis-tu loin du monde et du bruit?
Mais, hélas ! que Dieu me pardonne,
Écoute mon cœur qui te suit.

Depuis cette heure, heure charmante,
Où tu vins passer près de moi,
Je crus reconnaître une amante;
Depuis, mon cœur n'aime que toi.

Oui, je t'aime comme ma vie,
Comme une étoile dans le ciel;
Pardonne à mon âme ravie,
Ce soir fut pour moi solennel.

La fleur ouvre un sein au zéphyre,
Aux caresses du papillon;
Ton cœur aussi s'ouvre au sourire
Dans ton érotique abandon.

Ton âme, dans l'alcôve sombre,
Quand tu lis quelque beau roman,
S'envole aux rêves d'or sans nombre,
Comme l'éclair sur l'Océan.

Comme une goutte de rosée,
Le matin, brille au bouton d'or,
La nuit, dans ma douce pensée,
Ton image reflète encor.

Et ton ombre, si fraîche et pure,
Vit de parfum et vit d'amour,
Sans produire un léger murmure
Aux purs et doux rayons du jour.

Il faut un parfum à la rose,
Au roseau la brise du soir,
A la vierge une fleur éclose,
Il faut au cœur un mot d'espoir.

Quoi de plus doux sur cette terre
Qu'un couple heureux sous le soleil !
Ce nom se mêle à ma prière,
Cette image est à mon réveil.

Le fil d'eau suit un lit de mousse,
La blanche étoile un ciel d'azur,
La voix plaintive une voix douce,
L'âme rêveuse aime un cœur pur.

L'abeille s'endort au zéphyre
Dans le calice de la fleur,
Ainsi dort l'âme qui soupire
Aux légers songes du bonheur.

Viens, baronne, à la pépinière ;
Au sein des fleurs j'aime à te voir
Sous ta mantille au doux mystère
Errer joyeusement le soir.

Aux bois, aux monts, dans la vallée,
Ton souvenir partout me suit ;
J'entends ta voix sous la feuillée,
Dans le flot qui coule et qui bruit,

Dans une brise qui soupire
Au parfum d'une belle fleur,
Sur une corde de ma lyre ;
Je l'entends même dans mon cœur.

Comme deux oiseaux solitaires
Qu'un cri d'amour semble animer
Au souffle des vents salutaires,
La vie est faite pour aimer !

LE DRAPEAU TRICOLORE.

Vive à jamais, vive à jamais en France
  La république aux trois couleurs!
Et chantons tous, chantons en assurance :
  A bas, rouges septembriseurs!

Le drapeau rouge est par trop sanguinaire;
  Il n'a fait le tour de Paris
Que dans le sang, la boue et la poussière.
  A bas, le drapeau rouge est pris!

Ils avaient tous conjuré la ruine
  Des bons républicains français,
En ramenant l'affreuse guillotine.
  A bas, les rouges sont mauvais!

Quatre-vingt-treize et son cri de pillage
   Revenaient du fond de l'enfer ;
Mais nous avons triomphé de l'orage.
   A bas, rouges au cœur de fer !

Leurs chants de mort commençaient à s'entendre
   Quand la victoire fut à nous ;
Le Français meurt, mais ne saurait se rendre.
   A bas, les rouges sont des fous !

Vive à jamais le drapeau tricolore,
   Drapeau pacifique et guerrier !
Fiers Parisiens, répétons tous encore :
   A bas, le rouge est meurtrier.

LE PETIT GAMIN DE PARIS,

DÉCORÉ AUX BARRICADES DE JUIN.

Suis lutin,
Suis gamin,
Mais, fidèle à mon poste,
Je meurs ou je riposte
En bon républicain.

Ma mère, sois contente,
Ton fils est chevalier ;
De te revoir suis fier,
C'est là ma douce attente.

Suis lutin,
Suis gamin,
Mais, fidèle à mon poste,
Je meurs ou je riposte
En bon républicain.

A ton bras, chère mère,
Nous nous promènerons,
Sans craindre des lurons
Les cris à la barrière.

Suis lutin,
Suis gamin,
Mais, fidèle à mon poste,
Je meurs ou je riposte
En bon républicain.

Au temple de la gloire,
Chevalier à quinze ans,
L'honneur de ses enfans
Pourra-t-elle le croire?

Suis lutin,
Suis gamin,
Mais, fidèle à mon poste,
Je meurs ou je riposte
En bon républicain.

Quand je quittai ma mère,
Elle pleurait de peur;
Mais j'avais de l'honneur
En mon humeur guerrière.

Suis lutin,
Suis gamin,
Mais, fidèle à mon poste,
Je meurs ou je riposte
En bon républicain.

Mère, pleure de joie!
Tu me verras encor;
C'est bien un rêve d'or
Que Dieu du ciel t'envoie.

Suis lutin,
Suis gamin,
Mais, fidèle à mon poste,
Je meurs ou je riposte
En bon républicain.

LE BONHEUR DE L'ENFANCE.

Aux Demoiselles DE C.

Que votre enfance est pure et belle!
Que vos deux cœurs sont innocens!
O Marguerite! ô Gabrielle!
Croyez-moi bien, restez enfans.

O que l'enfance est pure et belle!
Qu'un jeune cœur est innocent!

La fraîche aurore de la vie
Ignore les maux d'ici-bas;
Non, jamais ne portez envie
A l'âge où l'on ne chante pas.

O que l'enfance est pure et belle !
Qu'un jeune cœur est innocent !

Vos premiers pas sont sur des roses,
Et nous, aux sentiers rocailleux
Où nul ne voit de fleurs écloses,
Nous n'avons que des pleurs aux yeux.

O que l'enfance est pure et belle !
Qu'un jeune cœur est innocent !

Vos deux voix murmurent joyeuses,
Comme un rossignol au printemps.
Au castel, étoiles pieuses,
Suivez en paix votre heureux temps.

O que l'enfance est pure et belle !
Qu'un jeune cœur est innocent !

Chaque jour a des fleurs nouvelles
Pour l'enfant du noble manoir.
N'effeuillez pas ces fleurs si belles
Pour nos tristes rires du soir.

O que l'enfance est pure et belle !
Qu'un jeune cœur est innocent !

Ne te hâte pas, âme pure,
Jouis plutôt de tes beaux jours;
Vient une vie pénible et dure
Dont on n'évite point le cours.

O que l'enfance est pure et belle !
Qu'un jeune cœur est innocent !

Oui, le bonheur passe bien vite
Sur cette terre des vivans;
Un rêve d'or au réveil quitte,
Nous laisse plus insoucians.

O que l'enfance est pure et belle !
Qu'un jeune cœur est innocent !

Ne vous hâtez pas, je vous prie,
De vous ouvrir, ô boutons verts !
Craignez le sourire d'envie,
Craignez le soleil des hivers.

O que l'enfance est pure et belle !
Qu'un jeune cœur est innocent !

Miroir de paix et d'innocence,
Votre œil, si limpide et si pur,
S'ouvre et se ferme à l'espérance
Comme une étoile au ciel d'azur.

O que l'enfance est pure et belle !
Qu'un jeune cœur est innocent !

Que sur cette rive étrangère
Votre front noble et gracieux
S'endorme, au sein de la prière,
Aux douces lumières des cieux.

Que votre enfance est pure et belle !
Que vos deux cœurs sont innocens !
O Marguerite ! ô Gabrielle !
Croyez-moi bien, restez enfans !

LA CHATELAINE.

A Mme DE C.

A sa guitare il faut la voir
Le soir.
Soit gaie ou plaintive,
Du haut de la tour,
Sa voix, qui captive,
Fait rêver d'amour.

A sa guitare il faut la voir
Le soir.
Belle châtelaine,
Son air gracieux,
Son chant de syrène
Rendent tout joyeux.

A sa guitare il faut la voir,
Le soir,
Quand son cœur murmure
Le mot des amours
Et qu'à la nature
Il dit ses beaux jours.

A sa guitare il faut la voir,
Le soir,
Quand, aux doux mystères
D'un ciel pur et bleu,
Aux brises légères
Elle dit adieu.

A sa guitare il faut la voir,
Le soir,
D'une voix si douce
Chanter le printemps,
Comme une Andalouse
A ses premiers ans.

A sa guitare il faut la voir,
Le soir,
Montrant de son âme
Plaisirs et regrets,
Quand l'amour l'enflamme
De ses plus doux traits.

A sa guitare il faut la voir,
    Le soir,
  Quand douce espérance
  Lui parle d'amour,
  La berce en silence
  De quelque heureux jour.

A sa guitare il faut la voir
    Le soir.
  Amour, fanatisme,
  Vous faites au cœur,
  Par un brillant prisme,
  Naître le bonheur.

———

LE TEMPS.

Le temps, cette horloge des âges,
A toute heure sonne la mort,
Efface les douces images,
Ne laisse au monde qu'un remord.

Le temps, dans son vol monotone,
Aime à faire naître et mourir.
Qu'il punisse ou bien qu'il pardonne,
C'est pour lui toujours un plaisir.

Rien n'est durable sur la terre,
Ceci tombe, cela grandit,
Brille et s'éteint toute lumière ;
Ici-bas, hors toi, tout finit.

6

Devant toi s'écroule un empire ;
Les débris de l'antiquité
Attestent le chant de ma lyre
Au soleil de l'égalité.

Suspends le cours de ton aiguille
A ton cadran mystérieux ;
Aux yeux de la jeunesse brille
Comme ces purs rayons des cieux.

Laisse la feuille à la charmille,
Aux sources pures la fraîcheur,
Le bonheur à chaque famille
Et l'espoir à mon jeune cœur.

Laisse un écho sur le rivage
Pour le naufragé sur les mers,
Laisse la fleur et mon jeune âge
Aux ruines de l'univers.

Mais c'est en vain que l'on te prie,
Tu ne suis que ta volonté.
L'infini, voilà ta patrie,
Et ton heure est l'éternité !

Le temps n'appartient à personne,
Ni le passé ni l'avenir ;
Le présent seul, que Dieu nous donne,
Apparaît quand il va finir.

Et c'est lui seul qui nous éclaire ;
L'instant où nous le possédons
Sur cette terre de misère,
Est l'instant où nous le perdons.

Le passé vit dans la mémoire
Comme la tombe sur un mort ;
Avec plus ou moins de déboire,
Nous allons tous au même bord.

L'avenir devant nous se lève
Tout doré, comme un beau soleil ;
Mais, hélas ! ce n'est qu'un doux rêve,
Qui s'évanouit au réveil.

Le temps, comme une ombre légère,
Tombe et se perd dans le passé ;
Le présent n'a pas de barrière,
On croit l'avoir qu'il a passé !

L'ESPÉRANCE.

Espérance, ô seul bien que mon âme désire !
Ne m'abandonne pas à l'heure de la mort !
Comme le papillon sur l'aile du zéphyre,
Sur l'aile de l'espoir je vole au gré du sort.

L'immortelle espérance habite sur la terre,
Met un terme à nos maux, soutient le malheureux ;
A tous les cœurs sourit, soulage la misère ;
De tous les biens du ciel, c'est le plus précieux.

Tout ce qui vit d'amour vit aussi d'espérance.
O douce illusion ! ô Dieu des bonnes gens !
Ne perds jamais du ciel cette divine essence,
Autant je t'aime vieux comme à mes premiers ans.

Aux ombres de la nuit, aux rayons des lumières,
Sous les plombs de Venise, au grand Pont-des-Soupirs,
Aux portes du sérail comme au sein des chaumières,
Doux espoir, on t'invoque aux peines, aux plaisirs.

Les plus grands conquérans ont vécu d'espérance :
César, au Panthéon; l'Empereur, au Kremlin,
Rêvaient un monde entier dans leur effervescence.
Qui ne dort dans l'espoir jusqu'au dernier matin !

L'espoir est au captif, dans sa prison obscure,
Comme à la châtelaine, au sommet de sa tour.
Tout ce qui rêve attend, comme un son qui murmure,
Un air triste ou joyeux, chant de mort ou d'amour.

Le marin, sur les flots et loin de sa patrie,
Espère l'heureux jour qui le ramène au port,
Pour revoir son vieux toit et sa mère chérie,
Dont il n'a pas encore appris le glas de mort.

La vierge, au temple saint, près de la lampe veille,
Pense à Dieu, pense au ciel dans ses hymnes d'amour.
Quand par degrés s'éteint cette lueur vermeille,
Son âme croit monter au céleste séjour.

Et cette jeune veuve, au fond de la vallée,
Garde un pieux espoir sous les tristes cyprès,
Le soir, agenouillée auprès d'un mausolée
Qu'elle arrose de pleurs, tribut de ses regrets.

Le laboureur en paix livre aux terres sa graine
Dans l'espoir d'en tirer le centuple un beau jour.
Ici-bas tout attend dans la joie ou la peine;
L'espérance est au cœur, le plaisir à l'amour.

Celui-ci rêve un nom, comme Colomb un monde;
Celui-là, l'heureux temps de la tranquillité;
Et moi, dont la raison en ténèbres abonde,
Je demande à mon tour des jours de liberté.

L'alchimiste au creuset veille, attend la richesse;
Son culte est une énigme où lui seul a recours
A l'heure où mon cœur crie, au sein de la détresse :
L'or du Pérou pour lui, mais pour moi des beaux jours!

Le nomade, au désert, espère sous sa tente;
La fille attend seize ans, ce doux rêve des cœurs.
Oui, chacun ici-bas vit d'amour et d'attente;
Doux espoir, à toi donc notre encens et nos fleurs!

Par-delà les tombeaux j'aperçois l'espérance;
Elle va balançant de la tombe au ciel bleu;
Caressant la vieillesse aussi bien que l'enfance,
Elle accompagne l'âme aux portes du saint lieu.

FIN.

TABLE.

———

FIN DE LA TABLE.

www.ingramcontent.com/pod-product-compliance
Lightning Source LLC
Chambersburg PA
CBHW060814250626
47162CB00005B/1788